Barbara G. Wochner

MANCH EINE WIRD

Ein Sprachband

Mit einem Nachwort von Michi Ebner

Milena Verlag

Gedruckt mit freundlicher Unterstützung der MA 7/Kultur
und des Amtes der Oberösterreichischen Landesregierung

Bibliografische Information Der Deutschen Bibliothek
Die Deutsche Bibliothek verzeichnet diese Publikation in der Deutschen Nationalbibliografie; detaillierte bibliografische Daten sind im Internet über http://dnb.ddb.de abrufbar.

Covergestaltung: Birgitta Heiskel,
unter Verwendung eines Bildes der Autorin
Satz und Layout: sol
Druck und Bindung: Rema Print, Wien

A-1080 Wien, Lange Gasse 51/10
www.milena-verlag.at

ISBN 3-85286-116-0

Für meine Gefährtin

Manch eine wird
das sage ich
in künftigen Zeiten
an uns denken
Sappho

0 WENN DIE ZEIT VERRINNT

Was soll werden?

Wenn die Zeit verrinnt und geschrieben wird ohne zu bewirken.
Nur um stetig zu bleiben.
Der Ernst wird in Beliebigkeit gelegt. Witzig viel. Praktisch alles.
Unerhörte Dinge. Spannendes Suchen nach noch nie.
Aber gut. Brillant.
Kann. Nur sagen. Der Schlag zurück.
Schon lange und noch viel länger.
Im Verharren. Keine. Nein, nicht!

Was soll?

Die Verzweiflung ist nahe dran.
Nebenbei, und der See. Seelenfriede.
Wörter können herbeistolpern und lustig sein.
Im Heute lernen nur Menschen.
Die Seile sind zugezogen. Die Masse verflüssigt.
Allererste Sahne. Deutsch. Was wird uns schon erlassen.
Gegeben, na ja. Ekelhaft muss es sein.
Sonst brauchen. Romantik oder eben.
Die versetzen in Welten. Da trennen uns.
Verbundene Augen sehen überall, glasklare.
Geschlossen und aufgegeben.

Das Nirgends ist ein Ort.

Wo sind? Was gibt?

Und genommen.
Die Kälte zieht endlos. Weiter.
Kein Gefühl. Nur freiwillig leben.
Die Kraft aus der obersten Schicht Haut.
Zurück ins innere Gewebe.
Wand verliert Bedeutung.
Schutzhölle. Ins Freisein frieren.
Durch gemeinsame Gedankengänge.
Kriechen. Platz suchen.
Lassen wir die Freiheit gehen.
Sie kann uns nicht.
Treffen.
Sie.

Sie ist. Allein. Sie.

Die Guten. Ach, ihr Guten. Ihr Lieben.

Hat's geschmeckt? Der Geschmack zergeht. Und lässt sich ungern.

Sie mag nicht. Aber, warum denn? Hm? Wir alle müssen mögen.

Kapiert!

Das gibt uns zu denken, was?

Die alte Frage taucht auf. Ja alt. Soll Sie sein? Nicht? Hm? Oh, ja!

Ordentlich soll.

Es.

Es sein.

Wirklich ordentlich. Nicht so. Na, wir wissen. Ordnung im Land.
Die vielen Söhne kommen in dieser schönen Gepflegtheit daher.
Nur wenn du das weißt, kannst du erahnen.
Keine gibt dir den Sinn. Und die Erfahrung hinein.
Nein. Das wäre Gewerbe. Schnödes.
Im Gewebe der Ahnen.
Ach, lassen wir doch diese Spielereien. Spinnereien.
Wo doch letztendlich. Revolutionen wieder die Festgezurrten, Gezerrten.
An den Haaren durch Dörfer gezerrten.
Geschorene Köpfe an Asphalt. Hat's geschmeckt, ihr Lieben?
Sterne gehen auf. Und das Licht ist wie immer.
Immer wieder da um uns zu erfreuen.
Und um wirklich in Helligkeit die Eindeutigkeit.
Immer.

Wie immer.

Lass uns doch diesmal. Nur ein ganz klein wenig weiter.
Nur dieses eine Mal. Einfach so, ja, nur so.
Das Detail ist in Farbe.
Weit kann es nicht mehr sein.
Die giftigen Beeren hängen tief.
In dieser Zeit gibt es.
Kein Entkommen.

Kein Entkommen.

Ohne genau zu wissen.
Nur gehen, wenn möglich.
Möglich ist alles, heutzutage, sagen sie.
Unendlich straff organisiert, lieblich fast anzusehen.
Heimatlich wohlige Gefühle, im Raum verstreut.
Wer kann Sie fangen und lieben?
Stramme, helle Angst, spürbar als Hass.
Quer durch alle Reihen.
Was soll werden?

1

UND SO IST ES GEKOMMEN

Die Kraft des Versagens hat von uns.

Das Mädchen trübt kein Wässerchen mehr.
Sie kann im Gesang der Meerjungfrauen.
Leben.
Karikaturen der Vergangenheit.
Werden in Schlüsse gezogen.
Gegen die Uneinheitlichen gewettert.
Still!
Das Summen der Ernsthaften.
Kann überhört werden.
Ohne Tatsachen geht gar nichts.
Unfruchtbarkeit.
Vorsorgliche Besorgtheit.
Gib her!

Unnütze Dinge liegen da.

Sie können nicht mehr. Einfach nicht mehr.
Keine Angst!
Sie haben sich in den Hybren der Zwischenwut verfangen.
Die Kriechwerkzeuge gebrochen, jedoch gut aufgehoben.
In Menschlichkeit und sparsamer Zuwendung.
Entglitten. Zweierlei. Glitzer, unverfrorener.
Kühle hast du uns versprochen.
Und so ist es gekommen.

Sie lebt noch.

Die Gabel ist zum Essen da.
Schmeckt das nicht metallig?
Dann hat man Sie gegabelt.
Nein. Das Fest war schon vorbei.
Rauchig, nicht metallig.

Vergiss es!
Das hat es alles nie gegeben.
Wird auch nicht.
Bist sicher? Sicher.

Lasst Sie ziehen.

Die Überraschung ist perfekt. Perfekter Strom in der Stuhllehne.
Gefangen. Angefangen hat es ja mal. Natürlich.
Das Ende ist abzusehen.
Die Gerüchteküche hat schon Geschichte geschrieben.
Aber niemands Frau glaubt ihr. Denn niemand?
Kameramänner lassen Sie suchen, wird geflüstert.
Sie haben Sie im Dunklen vergessen. Für lange Zeit war das.
Ganz geheim. In viele Schubladen gesteckt.
Und einiges war verloren dann auch.
Die Zukunft hatte Sie wirklich ganz.
Vergessen.
Wo doch alles so schön blüht und reift.
Bluten sie. Immer noch.
Doch Veränderung ist vorhanden und.
Hängt immerhin.
In Ästen wie Staub in der Luft.
Erringen sie die Freiheit. Dann ist Sie nicht mehr.

Überströmte Gefangene.

Laufend wird hier gestorben, wird erzählt.
Hast du das gewusst? Ja?
Wenn daran gedacht wird ist viel.
Tun? Auch ich? Die Liebe?! Kann das auch möglich sein?
Lassen wir das.
Es ist unschön so Gedanken schwirren lassen, die dann ja aufprallen.
Und gleich ist wieder eine Mahlzeit fällig.

Das Nichts ist mir lieber, sagt Sie.

Wie so oft. Doch bleibt ja. Nichts, dann. Worüber?
Die Betäubung ist Zucker. Das gibt Ruhe.
Im restlichen Publikum rumort irgendetwas. Aber warum?
Hat Sie den Anfang gefunden? Oder Schnur?
Kehrtwende zur falschen Zeit. Hat schon.
Manche Irrtümer erklärt. Kennst du das? Gefälligst!
Wie Puppen nur ganz in Grau. Fliegen und bleiben.

Einfach weg.

Lassen sie uns allein!
Geborene Wahrsagerinnen unter sich, Hm?
Hinunter in die Katakomben der Macht.
Braune. Übersinnliche Gefahren in Händen haltend.
Kahlschläge durch und durch.
Die Wahrnehmung derer ist uns fremd.
Die, die unsereins fürchten. Fürchte dich nicht!
Sie sind nie allein.
Breite Masse in durchsichtigen Nächten spießen sich.
Mit erhobenen Häuptern, ganz einsam dann. Den Versuch wagend.
Einlenkend, kein Auskommen mehr. Schon zu weit.
Sie sind gegangen, gestolpert, gefallen. Fallsucht, sagen sie.
Das Blut rinnt inwärts, Blässe nach außen gerichtet.
Nur dünne Fäden. Leicht ersichtlich von Mundwinkel zu Kinn.
Unauffällig verborgen. Hinter vorgehaltener Hand.

2

ENDGÜLTIG SICH WIEDERHOLEND

Nie darf wissen.

Die Augen geschlossen. Kein Gelingen liegt da.
Doch die Perspektive? Fragt eine. Wo?
Kein Drumherumreden hat je geholfen. Die Geschichten sind
und lassen sich nicht.
Wir rollen Fäden auf und verwickeln. Nein.
Gefahr droht von hier nah, nur.
Die Ordnungen sind schön gerichtet.
Kann da noch was?
Ziffer an Ziffer. Und Zeit vergeht.
Das lässt sich handhaben, meinen sie ernsthaft.
Trennlinien sind einfach zu bewältigen.
Das Glauben. Finger um Finger. Alles klar?
Die Nachtblume hingegen hat das alles schon lange.
Gegessen. Sie ist dadurch.
Wo andere eben, nichts, nie sein können.
Oder gedacht?

Hier gehört.

Einmal richtig. Auskehrung.
Bis zum Ende. Bis endlich endlich. Sagt irgendeine von wo
Die Versuchung hat keine mehr übrig. Sie liest sich verloren in
Barocksälen, die zum Himmel weisen.
Endgültig sich wiederholend.

Gib Sie her.

Die Verlaufenen geben uns einfach nichts mehr. Die Lähmung hat jetzt die Innereien erreicht und sind somit wie praktisch abgeschlossen.
Tote wollen immer ein Zuhause haben, wie echt.
Aussehen wie Ähnlichkeiten aber doch umsonst gezahlt.

Das wird nichts.

Kann nicht. Unmöglichkeiten die sich ins Gegenteil verschlagen.
Und keine erkennt sie dann.
Die Verkleidung ist wirklich perfekt, sagen sie.
Warum nicht hinsehen?
Sie fressen sich doch nur durch und dann ist es erledigt.
Die Feinde lieben.
Geben was sie können und das ist einiges, glaub mir.

Das vergisst eine.
Nicht so schnell!

Diese roten Wankelmutigen in trauter Fröhlichkeit dahin und dorthin flanierend. Aufgabeschein verloren. Ankunftsentsetzen.

Vergiss es!

Wirklich! Gib mir deine Hand zurück und ich werde.
Wer? Was Hand? Hände sagen viel. Gelächter.
Aber wir werden euch.
Nicht verlassen.
Keine Angst!
Wir bleiben und übergeben uns höflichst und sind einfach ganz nah dran.
Kapitalverbrechen werden allgemein erlaubt.
Was sagst du dazu?
Die Wahrheit ist immer eindeutig. Wiedererkennung.
Alle meinen das. Und so ist es.
Kein Erkennen hinter Wörtern oder gar Wortgruppen, Sätzen ist zu fördern.

Spitzgefundene! Lass Sein!

Leben und Sterben lassen. Keine ist frei davon. Laufen gilt!
Und kratzbürstig sein ist eine Tugend. Zum Lernen gedacht.
Und die Intensität in sich trägt und ausgespuckt.
Nicht um verloren werden, nein gedacht.
Dachte und gehandelt in dieser Welt oder sonst wo geworden.
Etwas. Will Sie werden. Etwas. Oder gar sonst was, na ja umsonst.
Graust dir vor gar nichts, Hm?
Wohingegen springt aufs Stockerl, brav, gut gemacht. Zucker!
Der Kampf und bricht aus Schrei und jemands bricht auch, leider.
Kann Sie das? Leider.
Verflucht und beglückt im Seinszustand, wirklich?

Sein? Ist das die Möglichkeit?

Sie hat sich geschnitten, gründlich und dabei wird sie sich noch
weiter schneiden, wenn sie das glaubt wird sie bar jeder Vernunft
dastehen und eine Wahrnehmung, etwas Wahres nehmen
oder eine Ware nehmen, als Ware.
Romantik ist nicht daran angebracht. Gebraucht wird das schon.
Das Ding. Doch.

3

DIE KREISE SICH ZIEHEND

Wer ist das?

Der Seziertisch ist weiß gedeckt. Teile sind günstig zu betrachten.
Durchleuchtung.
Die Erhöhung macht transparent, hellstrahlend.
Eingeweide sind offensichtlich und bedeuten ihnen nichts.
Eventuelle Gefahren sind uns ausgeschlossen, fremd.
Wird einfach nicht.
Zur Gänze ist verloren. Verlockende Teile.
Schillerndes etwas, direkt für die Müllhalde, bestimmt.
Irgendeine hört etwas. Wie kommt das?
Karos auf Nylonstrümpfen.
Schön! Ästhetische, Verfahren haben Zukunft.
Lieber liegen lassen, wer weiß. Einfacher ist das so zu tun.
Ist doch so? Oder? Eben. Im Gebirge verlaufen.
Die Kreise sich ziehend.

Hat in Besitz.

Karawankengezeitigt.
Wenige können da mit. Wie wir, die sachlich.
Das Argument in der bürgerlichen Blechbüchse.
Allgemeine Anerkennung. Hintangestellt ohne wo.
Hintan!
Manchmal gibt es Mehrheiten die alles wollen. Was mehr?
Ahnungen reifen oft manchmal heran und sind uns voraus.
Oh, ja! Genau! Kann das gesagt werden?
Die Entscheidungen hängen nach.
So ist es üblich.
Die Stahlfenster geschlossen, die Regenbögen verhängt.
Gefundene Auffassungen im Kellergewölbe. Schön!

Kann Sie uns suchen?

Das Kalendarium hat aufgezeigt. Welche Regelmäßigkeit!
Einfalt in dieser kristallisierten Verschlossenheit.
Sie wollten uns eigentlich nichts mitteilen, oder?
Kieselsteine zählen und sonst noch was?
Das ist das wahre Leben.
In Wahrheit Stein.
In Monumenten, in Momenten verschwommen, einig.
Das ist es. Nichts anderes kann da sein.
Nur das. Weg, weg!
Die Möglichkeiten. Die Flüssigkeiten sind aufgesogen.
Die Erde.
Kastanienbraunes Haar will nicht verwesen, will Platz haben,
nicht zurückkehren. Na, ja, wird schon werden.
Klammheimlich, zurück und Kasernen entstehen, überall.
Wunderbare Anlage, sagen sie.
Wunderbar.
Alles neu in dieser Herkömmlichkeit. Keine Pause.
Niemand. Plastiksackerl und T-Shirts.
Sie werden nicht verlieren.
Klare Einsichten füttern und schneiden. Voran, allem voran.
Kehren wir doch zurück zu den Anfängen. Das hilft, gib's zu.
Alles von vorne betrachten. Das Dahinter. Die Enge.
Gewohnheit ist darübergelagert, bequem.

Kalauer in die Ecke verbannt.
Narrheit wird zugelassen, aber, das gilt,
nur erlauben.

Nur das findet statt.

Sie lassen es zu. Nur das. Sie freuen sich.
Die Freude ist allgemein groß.
Lateinlehrer unter sich, sozusagen.
Sie sind nicht tot. Die Zahlen sprechen für sich, immer.
Da kann gar nichts gemacht werden. Obwohl?
Lass die Äpfel dort wo sie hingehören, wo sie schon.
Katechismus unendlich, ohne Unterbrechungen mit Erbrochenem.
Sogar das wird gestohlen. Es gibt einen großen Markt.
Das ist wichtig.

Kann das Aus vorhanden sein?

Vorhanden?
Hände sind oft da und sind vieles. Insofern.
Auslegungen liegen Bestimmten sehr. Vor allem Bestimmenden,
die angeblich, na ja, können. Wär das zuviel gesagt? Zurück
Kehlkopfgeschwüre müssen auftreten, unausweichlich.
Ebene Glasflächen verleiten dazu.

Nichts mehr wird.

Gesagt. Gut so! Kalligrafisches Sprechen im Ausgedinge.
Die Aus. Dinge.
Hoffnungen? Die Schlachtungen sind vollzogen.
Brauner Saft zerrieben in weiße Asche.
Erdheiligtümer, Himmelsgestalten und Feuerbrunst.
Stürme mit unendlicher Tiefe.
Nur Erfindung, alles nicht echt.
Palaver, palavern wir doch.
Gebildete Dinge sind. Radierungen verschwinden.
Die Gefühlskälte der Kammerzofen. Das ist historisch.
Nicht wie dort. Medial. Nichts ist da möglich.
Kernaussagen sagen. Häufig. Kaleidoskope nicht.
Ebensolche werden konstruiert. Farben schneiden Flächen.
Kraftausdruck in der Magengrube.
Kerbelgeruch und Dill. Gefiederte Geräusche verbinden.
Einfassungen. Einfriedungen. Kuratoren sind sicher auch dort.
Wer weiß das schon.
Wir würden uns ja nicht heimisch fühlen.
Sie brauchen das. Ist ja klar.
Hinter dunklen Vorhängen hängen.

Sie wissen das. Das Wissen.

Das ist und Vielfalt.
Konstrukteure sind unterwegs mit Nabelschnüren und Nasenknorpel.
Freude in der grellen Sonne.
Gegipfelt, hoch oben Genugtuung erhalten.
Der große Wagen überfährt Sie. Keine Chance, zu hoch, zu groß.
Kleinigkeiten sind viele. Die Zeit der Massenaufstände ist vorbei.
Bringts das? Ist es das wert? Gibt das was her?
Wohnen, ebenerdig und die Drängelei, Ellbogen an Ellbogen.
Schlimm, schlimm. Was soll mit den Geschehnissen werden?
Kein Interesse, nur Fahrerflucht im Nebel.

4

DEM VERGESSEN ANHEIM FALLEN

Körper vergangen.

Geh lieber zu Fuß, ist gesünder, du.
Das können sich nur Tote leisten, aber dann.
Zimmerfahrrad und Streckbett.
Angenehmes Entspannen in dieser hektischen Zeit, nicht?
Gelebte Wahrheit. Kindererlösung. Mädchen.
Kastanien pflücken lassen und verfüttern. Der ewige Kreislauf.
Von Kellerasseln und Springfluten.
Kreuzigungen sich erneuernd, Freiheiten versprechend.
Absatzmärkte sichern. Gegeben.
Ferne Sehnsucht unter der Laterne.
Geschmacklose Haltungen. Kümmernisse, ach.
Dem Vergessen anheim fallen.

Ererbtes, lass fallen. Krach.

So vieles das nie war, so vieles. Ach!
Zu Versammlungen aufrufen. Einfach Sinnlosigkeiten tun, wie alle.
Das wär schön. Geräte kaufen. Kistchen verzieren,
die werden gebraucht. Wer hat sonst. Überblick.
Ein Teil. Einteilungen vollziehen.
Vollzugswäsche. Blutrote Nebensächlichkeiten eingravieren.
Allesamt sprechen lassen. Wer hat etwas zu sagen?

Sag was!

Klebrigkeiten erraten können, eine wunderbare Sache.
Streift so schön die Handlanger aller Couleur.
Überstreift gern und viel. Kehraus und Aschermittwoch.
Ein und auswendig. Gereinigte Asche wäscht rein.
Killermoment. Und das Halbherzige verurteilt.
Überleben ist da. Eine Sache.
Gefrierpunkt erreicht.
Tausend Jahre Schlaf und nie erwachen.
Zum Glück, heißt es.
Brand neu kann uns nicht verlocken.
Wir kennen.
Lange schon, vergessen.
Die Aasgeier haben. Alles.

Sie könnten erzählen.

Silbengier verfinstert die Welt.
Einsilbig, farbenfroh, verheerend aufgestaut.
Sinn und Haft gerade erworben.
Die Krämpfe lassen nur schwer nach.
Die Betäubung. Das Nichtnachlassen.
Wir werden schon – schaffen, meinen sie wirklich.
Das Bild ist, anscheinend vor der Wahrnehmung.
Dazu viel Licht. Der Schatten.
Modergeruch steigt und erfüllt uns Wünsche, kaum bemerkt.
Lasst uns die Teile. Vergessen. Ganz.
Und verhalten die Taten. Gedacht.
Kerngehäuse aufgebrochen und ausgespuckt.
Bierzeltgetöse, rundum nichts. Zertretene Anfänge.
Feinziselierte Ohrgehänge und Ungeduld.
Das ausgesprochene Vergnügen.
Zwischen Zahnrädern bewegte Suche.
Schein, nur die Unterbrechung zählt. Das wird goutiert.
Kerbe um Kerbe weitergeschnipselt bis Glänzendes entsteht.
Tropfen um Tropfen. Die Verachtung wird. Und aufgesaugt.

Es soll nicht sein, es.

Verhinderung des Seinszustandes.
Fahndungen werden ausgeschrieben, Bachläufen entlang.
Der Erfolg ist absolut. Da. Die Messerschneide hat gefunden.
Die Krankheit entfernen. In die Ferne geben, wo sowieso
schon so vieles.
Dort kann Sie sein, dort. Fernweh packt eine. Da. Ja, gepackt. Da.
Korrosionsgesänge aus junger Kehle.

Lange schon verworfen.

Die Regungen spärlich erhalten. Kurzzeitigkeit umsonst.
Irrtümer würden sein und etwas, aber. Nicht möglich.
Die Entstehungsgeschichte würde.
Entstehung? Kleinkarierte Zerstreuung liegt da drinnen.
So Wörter nur für sich.
Ekel kann durch Tannengrün ausgelöst werden.
Aber dann ordentlich.
Aber nicht nur da. Durchgehen.
Kein kollektives Erlebnis. Dann. Leider?
Viele kleine Bäche geben eben einen Bach.
Starkes Erbrechen und Verwesungsgeruch, sagt Sie.
Und Sie kann nicht aufhören.

Sie wird nichts sein.

Ihr werdet schon sehen. Gelblicher Eiter tropft.
Und das noch immer. Rotgrünschimmer. Ausgelassenes Lachen.
Sie freun sich noch immer, wo doch das Ende.
Asseln als Millionen. Gewinn. Recht so.
Das ist Einstellung. Richtig.
Manche müssen gelegentlich aufgeben. Aber macht das?
Kichern, ja kichern. Die Faust und die Sicherheit dazu.
Armseligkeiten aufzeigen. Der Untergrund.
Schmale Stege überqueren. Züge erklären.
An wen ist das gerichtet?
Richten sie. Sich nicht darauf ein.
Es wird immer ganz anders, ganz anders, glauben sie mir.
Sie geben nicht auf. Vampirszähne überall.
Kunstfertig nachgezüchtet. In kahles Weiß stoßen.

5

FREMDHEIT IM NICHTSEIN GEFANGEN

Das stößt es um, es.

Zwischen Grenzen wandern.
Und da. Das ist ein normaler Vorgang, heute.
Zurückgegeben wird nichts. Geschenk ist Geschenk. Auch dann.
Freiwilligenheere rüsten auf. Sie richten gegen.
Irgendeine sagt etwas Unerhörtes. Alles Krämer, nur Krämer.
Haben die nichts Besseres zu tun? Die sehen dem Gras wachsen
und erlauben sich.

Die erlauben sich.

Sachlichkeit in Menschenfabriken.
Durchgedacht. Vereinsamung.
Lichte Höhen besingend. Es kommt ganz schnell.
Und unbemerkt. Und Enden sind verknüpft.
Doch auch Kassandra kann nicht lösen
die Frage des Glaubens, des Habens, des Seins.
Wer kann ganz. Nicht Dinge herumdrehen und wegwerfen.
Wie wenn.

Sie nicht gebraucht.

Würden. Gebrauchswerte einlösen. Wo?
Andere schlafen auf Koffern, gepackt.
Andere. Sie ist dabei. Dort. Dabei.
Interessante, ja, wirklich, Entscheidung.
Was sollen die Übrigen?
Bleiben? Wo?
Versicherungen abschließen. Völlig abgeschlossen.
Nur mit sich allein. Der Gestank treibt ja Blüten.
Nicht auszuhalten.

Wo ist?

Ende nicht.
In Sicht. Die Reichweiten sind vorhanden.
Sie lassen nicht los. Verbissen. Eckzähne geschärft.
Die Leine sitzt locker, die Hand auch.
Freiwillig fallen.
Reichlich genossen, sagen sie.
Der Tropfen Wasser auf Zunge.
Klüfte beim Sprechen. Laute fremd.
Die Fremden. Hab ich's nicht gesagt?
Sie wirkt fremd. Diese Sprache. Diese Laute.
Fremdheit im Nichtsein gefangen.
Freiheit, sagen sie. Und? Abgeschirmt. Zurück zu den Geleisen.
Sie haben kein Netz. Verknotungen enden.
Siebengestirn und Dreizack. Zack und fort.
Hochgradige Verbrennungen.
Die Skala zeigt es. Genau. Der Übergang sieht Seite für Seite.
Verschnüren. In Säcke gebunden. Gewichte.
Diäten helfen da nichts. Und versenkt.

Sie haben entschieden.

Was sein darf in der anderen Welt.
So viel versprochen und keine Erfahrung.
Zentrum. Punkt. Kahle Schläge. Oft.
Vorbei an langen Ehrengrabreihen schlendern.
Gräben offen. Ersichtlich. Keine Erkennung.
Kopfüber gestürzt. Das Ersticken zuerst.
Lächeln von allen Seiten.
Hab ich mir's doch gedacht, sagen sie, aufdringlich.
Die Kämpfe sind noch lange nicht ausgestanden.

Sie wollen es so.

Und Entsetzen wird nicht bemerkt.
Das würde Kenntnis verlangen. Aber.
Die Truppen sind schon weit vorgerückt.
Die Anderen haben sich verloren.
Kein Zurückweichen gilt es auszuhalten.
Abfall, nichts als Abfall.
Prospekte eingesehen und Ansichten verkaufen.
Ist schon lange her.

Ist doch vorbei.

Mit uns?
Der Einfachheit halber wird der Kopf und Haare. Verwertung.
Ist doch einiges wert.
Kunstgriffe haben erledigt. Aufgaben. Viele.
Einzelne Nummern geritzt, wieder und wieder.
Millionenfach, einzeln.
Zeitaufwendungen, Genauigkeit und Verlässlichkeit. Tugenden eben. Tugendhafte Erledigung wichtiger Aufgaben. Aufgeben.
Nicht mehr gefunden. Und nicht gesucht. Überlebensnotwendig.
Keine Verwendung. Oh, doch. Gründlichkeit ist aufgelistet.
Tödlich genau vorgerückt. Wenige wechseln die Seiten.

6

UND DIE DAZWISCHENLIEGENDE

Weiß keine genau.

Wie auch? Woher auch?
Kadaver gespien wie Katalogseiten. Hochglanz.
Freilich war das nicht immer so. Kontrollierender Wahnsinn.
Welche Nadel? In Augen gestochen. Welche?
Klavierspielende. Immense Erholung von diesem Drama der
Dauerversorgung mit. Bilder. Zeichen.
Einsichten werden uns nicht verlassen können.
Wie Krebs. Schwüre haben sie geleistet. Noch viele werden.
Die erledigen sich. Wie selbst, meint Sie zufrieden.
Zufriedenheit. Anfänge der Misere.
Pythagoras hätte nie aufgegeben. Kreise. Dreiecke.
Und die Dazwischenliegende. Die Zahl und der Vater.
Die Macht der Zuwendungen in Grausamkeiten ziehen.
Reaktion ganz unten dann. Verlassenheit in Höhlen suchend.
Die Wände bemalt. Welche Zeichen? Welche Wut?
Rot. Zinnober. Purpur.
Das Wachs in ihren Händen. Flusslinien. Aufzeichnungen.
Risse peinlich genau verlesen. Umbrüche zerbrochen.
Bruchstücke wiedererkennen und dort liegen lassen.

Hier ist das nicht.

Die Bewegung ist starr zurückgezogen.
Migräneanfälle, Appetitlosigkeit und Fastenzeit. Nach lustig.
Ausgeronnene Blutkonserven auf allen Bildern.
Anschauungen im Versuchslabor.
Feine Knochenasche streuen. Das ist gut. Gegen.
Einatmen und gut durchatmen.
Salbei und Lavendel und Lorbeerstrauch.
Die Tradition ist folgend. Schon so weit.
Sie bemerkt es nicht.
Nonnenklöster. Leere.
Verschwendung verwünschen.

Sie will.

Die Krähe auf Schulter flüstert: Still, still.
Von inwendigem Horchen und Zusammenzucken.
Von Spießen und Lanzen und Erfindung der Räder.
Von Schnüren und Wassern und Einsiedlerinnen.
Still! Still!
Kapitalakkumulation. Sachliches Zweifeln. Geschichten.
Die sich nicht.
Löschen. Aus.
Das Vorhandensein in zusammenhängendem Gebilde.
Das Fass zum Überlaufen bringen.
Die mögliche Versuchung.

Der Versuch und das Verworfene. Wirf weg!

Das Zusammenfügen. Wie Melodien Gerüche sammeln.
Die Ausbreitung der Körper.
Die Weite als Ganzes. Wirklich? Realitäten wachsen sehen.
Sich bauend diese Gewalt der Gefühle.
Diese Gewalt mit Macht und Hoffnungen zerstreuen.
Nicht gern haben sie, nicht gern, aber.
Das musste doch. Das musste.
Es war vorauszusehen, sagen sie.
Sie behalten ihr Recht. Sie behalten.
Quellwasser droht zu versiegen.

Nie glauben sie.

Doch wird? Gegebenheiten sein. Trugschlüsse.
Die Anfälle häufen. Es gibt Besorgte. So kann das.
Funktionieren. So werden sie abgehalten.
In die Ferne. Schweifen.
Genau so. Mutiges Schweigen, allenthalben.
Aufsässigkeiten, unausgesprochen. Grundsätzlich.
Sauberkeit muss sein, Reinlichkeit eben. Seelenhygiene eben,
wie gesagt. Katastrophen, winzige Vorkommnisse. Eine passable
Angelegenheit.

Kulturstürme, meint. Wer soll das besitzen? Wer?

Himmelhochjauchzende. Türme. Steine bewegen. Einen und fallen.
Manipulationen. Über.
Jahrhunderte. Von da nach dorthin verschoben.
Und viele Tote gesehen.
In allen Himmelsrichtungen. Hinein.
Vom Zentrum weg. Hinein.
Heute können wir gut. Aber dort.
Abgrund. Hervorgerufener Schatten. Umsonst. Billig. Gestellte.
Im Mundwinkel, verfangend.
Fische in Eisteichen fangen.
Die Decke ist warm wie die Enden der Eisen.
Ergriffen geschmiedet in grellem Rot.
Geschwungen alsbald. Gelächter.
Die Richtige getroffen.
Zufall, sagen sie.

Sie meint. Zu spüren. Sie.

Kegel und Spinnen und Seidenfäden.
Abgetragen lange vor unserer Zeit.
Kräfte messen in Stechapfel Kosten. Vorbei.
Aufs gerade Wohl warten.
Und Angst in Schrei übersetzen.

7 INS AUS ZEICHNEN

Sie kann.

Die Technologien sind leider noch nicht so weit.
Fort schreiten. Schritt für Schritt.
Marschieren und Fahnen schwingen. Über den Köpfen.
Bunte Farben und Blumenduft.
Und zeigen ihre Mädchenkinder. Es soll ja eine Zukunft geben.
Nabelschnüre. Da und dort.
Die Verachtung wird im trauten Kreis gezeigt. Unverfroren.
Eichen stehen da. Lorbeer zu Eichenlaub.
Die klimatischen Bedingungen und so vieles.
Die Umworbenen einverleibt und kahl geschlagen.
Große Trommelwirbel. Freude und Ausgelassenheit.
Sternenklar. Umsichtige Führungen. Die Kaskadengesänge.
Die Aufgefallenen. Bibelfeste Satzungen.
Die Idee in verlassenen Wasserpfützen.
Angst gebrauchen und erleben lassen.
Astgabeln. In Aussichten. Zerstreuung. Kälberköpfe sehen. Dann.
Baumringe. Die Zeit.
Das Wörtliche nehmen, sagen sie.
Ins Aus zeichnen. Schön, wunderbar.
Auswendig. Blutgerinnsel in Stirn und Hölle. Da Stirn, dort Hand.
Abwärtsbewegungen in Sturmflügen.
Kategorien wie Vampirshände. Versprochen?
Eine lange Weile schon.

Der Hunger. Die Suche.

Luftschiffe ziehen vorbei wie Luftschlösser. Ganz wahr.
Die Zehenspitzen ersichtlich. Mit Fingern zusammenzählen
Was wird schon sein? Der Mut des sichtbaren Vorgangs.
Soll das sein? Die Erfahrungen sind. Andere.
Die Zwischenstadien geben vor.
Die Angaben sind echt, sagen sie. Sucht nach. Grellbunte Spaltung.
Pilzgeruch. Offener Hass. Gelächter.
Niedrig. Nahe der Erde. Hoch in den Himmel hinaus.
Ausgiebig. Diese Lügen in Wahrheit. Gerissenes Wild.
Die Seiten betrachten. In die Tiefe forschen. Kanäle
durchschwimmen.

Ungleiche Schwestern. Harren ihrer Sinne, sie.
Zeichen in den Sand setzen.
Die Meute. Begrenzt, sagen sie. Eingrenzungen da. Schön.

Sie beobachten.

Herablassung. Die Schaubühnen aufgebaut.
Die Händler. Die Religion. Die Gebäudeverwaltung.
Die Unberührten.
Durchsichtige Reinheit. Paradiesisch eingespeichelt. Und, schluck.
n gewendet. Tiefsinnig, meinen sie dann.
etenen Frosches.
se obere Schichtung.
Leben.
ngt.

Wo es hingehört.

Wo ist Entsetzen? Vernünftiges Denken, ja. Kusshändchen
verschenken. Ausgeblutet schon.
Die Handhabung, sagen sie.
Sirenengeflüster. Komm. Komm.
Schlag. Die Hand drauf. Du erwähnen wir.
Nicht mehr. Denn hat Sinn? Narrenschellen.
Öffentliche Enttäuschung. Frei geführt und der Spiegel dazu.
Draußen und dann selbst. Urin und Blut.
Kathedralen und Gutshöfe. Menschenüberflutet.
Arbeitet fein. Geselligkeit angelegt.
Wenige überleben. Und außen, vielleicht. Dann.
Das Sanfte zerteilen. Zerlegen.
Einzeln Teile herausschälen und sägen, kratzen und suchen
Was kann das Sein?
Eindrücke entstehen. Heimliches.
Opferdurst und Sinnsuchende.

Das Eigene. Nur nicht selbst.

Wankelmutige sind. Zellen entstehen. Einzelne haben.
Sogar Eisen gebogen. Hingebogen in den Lauf der Geschichte.
Die Gehirnhälften spalten. Und Frohes Ersinnen.
Regentropfen fallen und Zeit.
Konkurrenzzwänge in milchweißer Gestalt.
Fluchtwege sind nicht leicht.
Auszumachen. Früh schon ist entstanden.
Handlungen aufgezwungen. Umworbene Ewigkeiten.

Keine mag.

Unmöglich! Kirchengebete und Locken. Schläfen und Engel-
Gestürzte und Fensterstürze. Osten, wie Himmelsrichtungen.
Ostergesang. Geschliffen. Kosakenchöre. Pferdehalfter und
Peitschen. Hiebe. Vorbei. Glauben. Glaubst du? Schon lange.
Sie hoffen.
Alles Vergessen dieser Welt. Alles Gerede. Kein wahres Wort.
Dabei? Gelehrtenverwirrung, sagen sie. Achselzuckend.
Wie Zuckungen kandierte Ansprüche an zu oft unten. Auf Erde.
Kirschblüten im Mai. Wunder geschehen und verblassen vor.

Kannen voll Sand, nur Sand. Staub über Stätten und Wesen.
Die Hüllen verbrannt. Hellsichtigkeit und die Spiele der Alten.
Stramm. Sandfarbene Töne, lang anhaltende Töne.
Fleisch geschieden. Haut. Rostüberwuchernde Tage.
Die Feigen und ihr Blatt. Der Anfang der Feigheit und Bäuche und
Kraft. Ordnungen säen. Kalamitäten versprechen. Kriechen.
Zukunftsideen und Gerstenkorn.
Geradlinig, in Linien schwatzen.
Tag für Tag. Jahrhunderte. Worte und Schrift. Kulturelle. Zu Wenig.
Sodom. Ja. Und Gomorrha. Umdrehen. Und ja. Hinsehen.
Das Salz. Und das tönerne Leben. Sie leben.
Geld und Tand. Gelächter. Gleißendes Weiß.
Stacheln in Augen. Gräten in der Kehle.

Die Fische. Sie atmen. In die Kälte hinein.
Schnee auf den Dächern. Und das Kreischen der Möwen.
Die Entfernten auf Schiffen, von Strand zu Strand.
Schiffshungrige, du!

Sie vergessen

Plansoll erfüllen. Die Sache. Ist ja vorbei. Ist ja, hm.
Gefundene Knochen. Wer braucht?
Außer Feind und die Schuld ist vergangen. Ganz klar.
Gesinnung in oberen Etagen. Glastürme. Ganz klar.
Weite Sicht in hellen Räumen. Wer würde zweifeln? Wer?
Die Macht. Die Unterwerfung. Und sklavisches Trauern.
Tränenkunst. Ja. Sie, ja sie.
Kampfgeist. Attrappengerangel. Allerweltsdiagnostiker.
Sie schleudern sich vor. Und meinen.
Aalgesichter und klopfen und starren.
Das Geräusch des Kristalls unter den Füßen.
Was soll's. Der Apfel und haben.
Die Schönheit des glimmernden Glases.
Die Leere des Raums. Die Frische des Taus.
Anfangen. Seiten aufgeschlagen.
Hinter Fassaden und offenen Plätzen.
Den Lehmmann mit Wasser begießen. Nicht Blut.
Haut und Papier und Bibliotheken.
Auslöschung. Und Roste schmieden.
Und ein Kreuz darüber.
Schlagen.
Gemeinschaften wie Kolchosen errichten.
Maschinen. Nichts wie Maschinen wissen.

In Liebesdingen. Gelächter und Kurzweiligkeit.

Und die Karten. Sie sprechen wie eins.

Knusprige Braten. Beifügungen und Marienblut. Tropf, tropf.

Rosenkalender aufgetan. Und wie bekannt stechende Ranken.

8

DIE KÖRPER IN NATUR

Leere Räume. Was war?

Versagen. Gut. Versagen wir uns. Austrocknen.
In Kisten verpacken und weg.
Reich anzusehen. Im Überfluss schwimmende.
Kröten kochen. Nur langsam. So eine Kröte, Sie.
Schlammschlachten. Lustig. Vergangen.
Vergehen sie sich nicht! Weil alles hat. Grenze, hm. Sie wissen.
Kehrtwende. Aufzüge. Geschlossene Systeme.
Verharren an abgeschlossenen Rändern. Wir lassen nicht zu. Beide.
Trauern um die falschen Dinge.
Weinerliche Helden wachsen uns zu.
Gerichtsgewalt und Akten. Hacken und hacken. Kurzer Prozess.
Nicht öffentlich machen. Auf Wirksamkeit überprüfen.
Koste es nur.
Pilzsuppen und aus den Augen. Geblutet.
Tagelanges warten. An Händen und Füßen.
Die Vögel. Flug und Schwalbenschwanz.
Herzblut, Steinwasser und Luftkinder. Picken.
Den Raben ihr Schwarz nehmen. Und es schenken dem Tag.
So ist die Welt. Gelächter.
Sie meinen das nicht so. Sie sagen. Sie meinen.
Sechzehn Karat oder mehr. Goldig.
Da können welche zwei Teile im Tausch. Hundefutter, sagen sie.
Schulden sie noch?

Einmal muss genug. Einmal.

Nicht einmal Erinnern soll leben.
Kerbelsamen an Luft trocknen.
Lehrerinnen wie Sappho. Lesbos wie Insel.
Fluten. Und keine Klippe, keine.
Rosenöl atmen und Marienblut trinken.
Hastiges Erledigen. Alltägliche Dinge. Geschirre anlegen.

Den Traum nicht trennen vom Tag.

Salbungsvolle Reden. Sie tragen. Sie fort.
Die Bäume fallen, die Tempel leer und Gestank.
Wo gewachsen? Wo? Epigramme und Diademe.
Hungrig gehalten.
Die Körper in Natur ziehen und lassen.
Die Möglichkeitsform beschränkt.
Die Verlassenschaft der Ausdauernden suchen.
Untersuchungen. Wie immer.
Holz, gespalten und aufgestapelt, verrottet.
Modergeruch ist möglich, sagen sie.
Mit der Zeit. Appetitzügler.
Genommen.

Sie ist.

Die Fähre zeigt. Zeiger der Zeit.
Ach, ist das schön, schön. Gelächter und lächeln dabei.
Siegessichere Fahnen.
Inkognito, sagt Sie. Frech.
Diese Aussicht fangen im Flug. Mit Öl beträufeln und wenden.
Das Rohe verzehren. Die Angstsinne zerstreut.
Unerträgliches Lärmen. Dröhnende Geschosse. Ganz nah.
Wassertropfen stetig. Das Weichwerden der Dinge.
Olivenhainhoffnung. Spiralsog nach. Orientierungen finden.
Dort. Das Summen des Kühlschranks.
Und sich beruhigen, sagt Sie.
Die sichtbaren Kriege.
Sie lassen Sie stehen.
Die Höhlen verlassen. Gelächter.

Sie kriegen.

Zonen einteilen und Drähte verlegen.
Der Schutz. Schlamm, geklärter, bis Hüften.
Keine Bewegung. Die Starre verschwiegen.
Das Denken ist überwunden, sagen sie.
Du spürst es. Keine.
Ehrenbezeugungen. Die Zurückweisung proben.
Die Mädchen sind schnell.
Und sich übergeben. Ganz und gar.
Küchenreste verschenken.

Sie brauchen.

Die Nähe der.
Lass Sie endlich! Sie ist doch schon oft.
Migräne und turmlange Haare. Spinnenverfärbt. Zwei Teile.
Keine Netze, nur Farbe.
Sie soll.

Spüren und wissen.

Wer sagt das? Die reine Lüge.
Den Giftzahn schärfen. Gelächter.
Und Schlangenbrut. Mit Hitze verschmelzen.
Durch Blitze der Zeit. Medusas Haupt wiegen.
Die Wiegen verschenken, rastlos am Tag.
Die Weite des Blicks. Ganz.
Ohne Starrsinn verweilen.
Sanftes Zischen der Schlangen.
Gespaltene Zungen lecken.
Den Hügel hinunter.

Vergessen, sagen sie.

Die Notwendigkeiten betrachten. Einnehmen.
Nachschlagwerke vernichten und Neues schaffen.
Klingende Namen ausklingen lassen.
Die Gerätschaften schärfen und. Achtung!
Die Verweilenden sind.
Gefahr.
Die Gewohnheit ist.

Da kann nur.

Zugestimmt werden. In Bestimmtheit.
Das Überflügeln ist eine probate Sache.
Flügeln wir Sie. Gelächter.
Geburtstage werden abgefeiert.
Gefackelt. Nicht lange. Das dauert. Bis alles so. Weg!
Genüsslich aufschauen zu den Oberen, dann.
Und Schönheit des Kanons besingen.
Das Licht strahlt aus all ihren Fugen, sagen sie.
Das Getöse brandhell und ein Schlummern, wie Mädchen
vor lang ersehntem Schlaf.

NabelSchnurBlut

oder

Die Ferse der Achilla

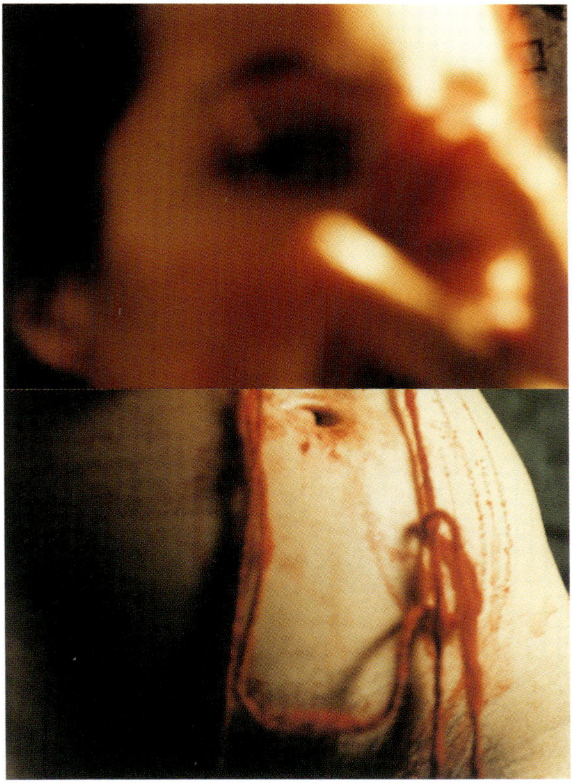

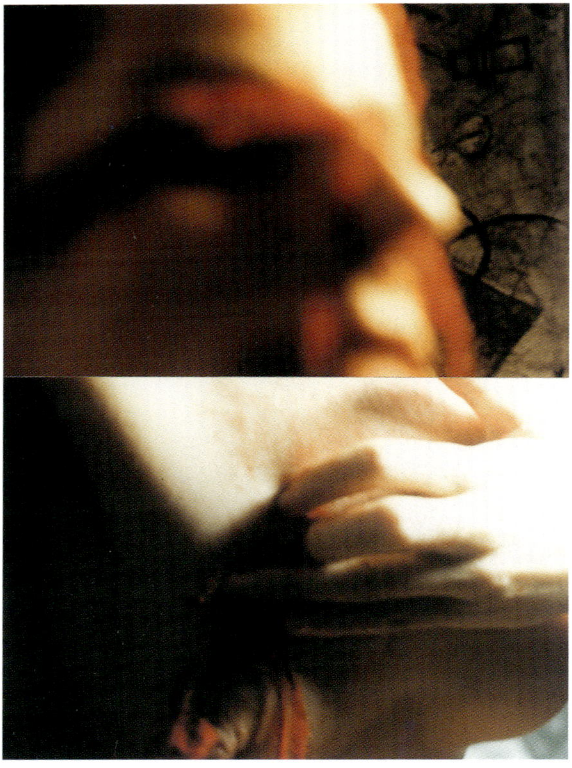

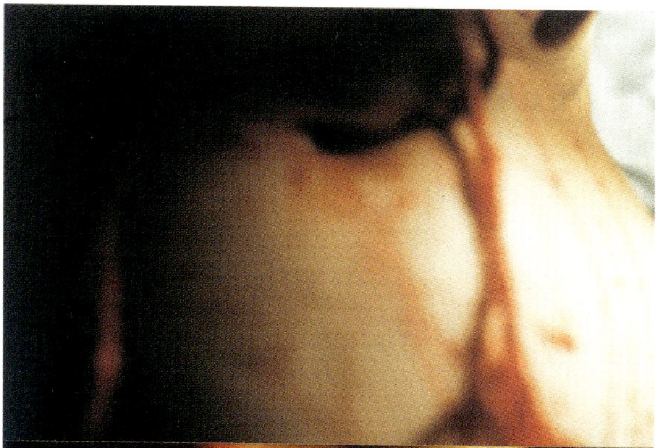

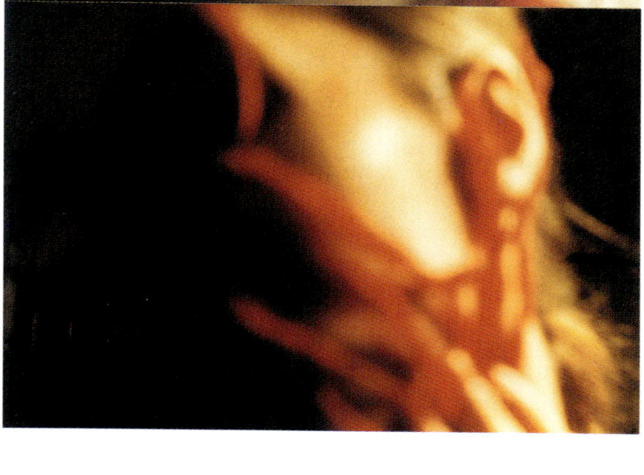

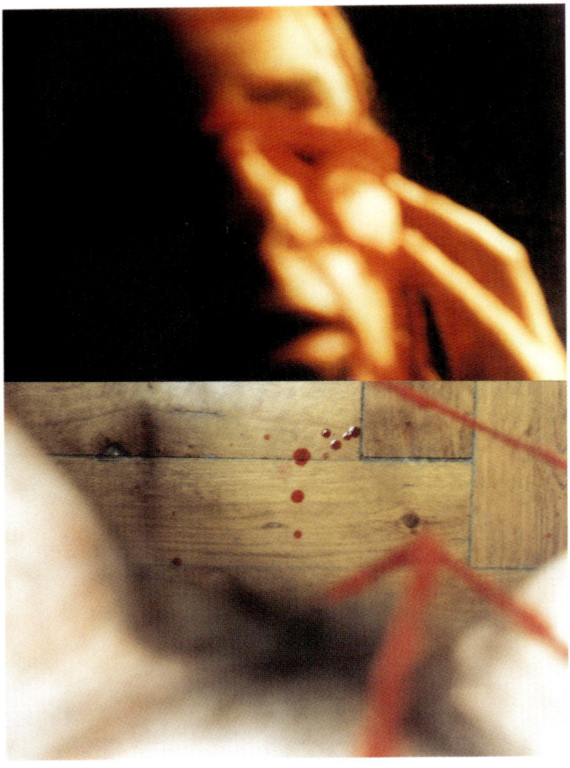

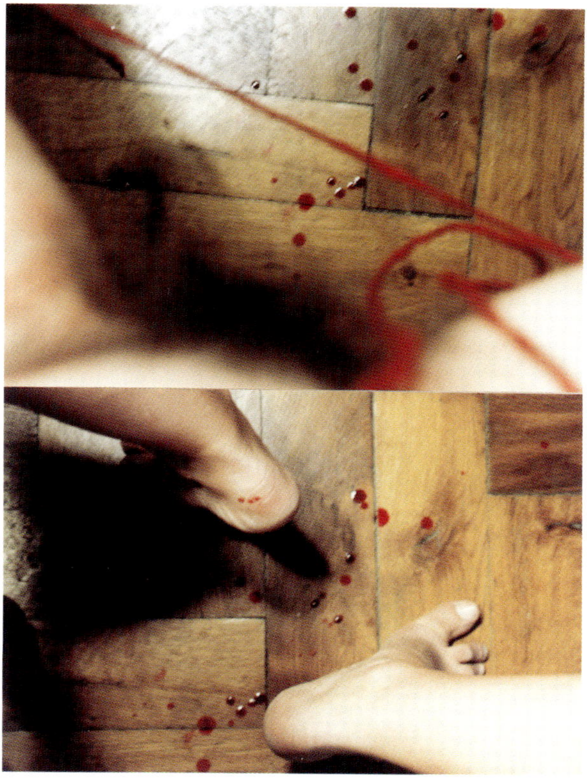

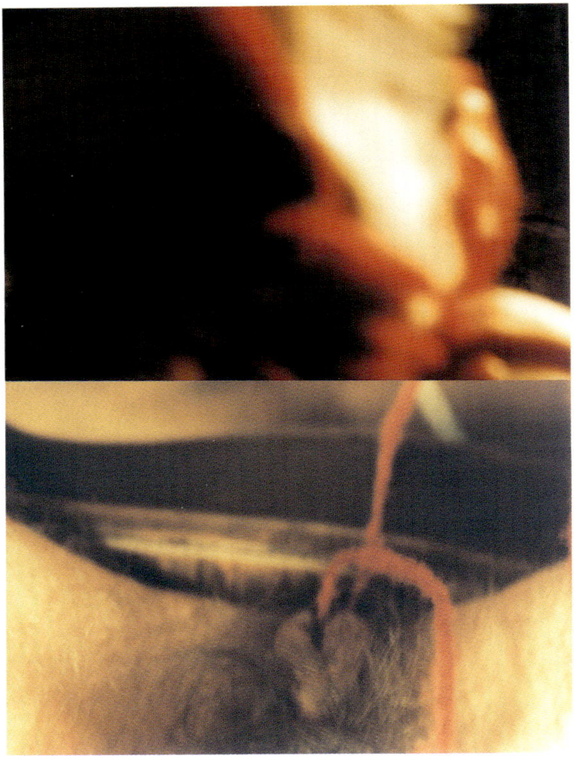

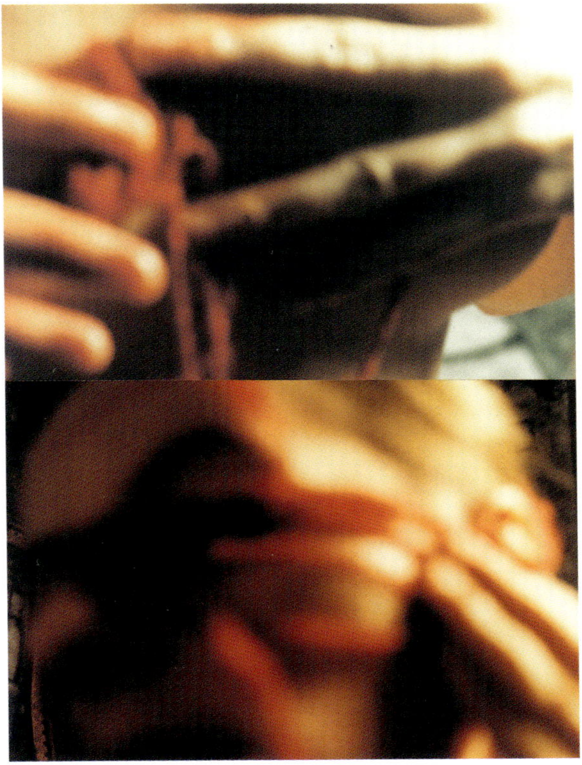

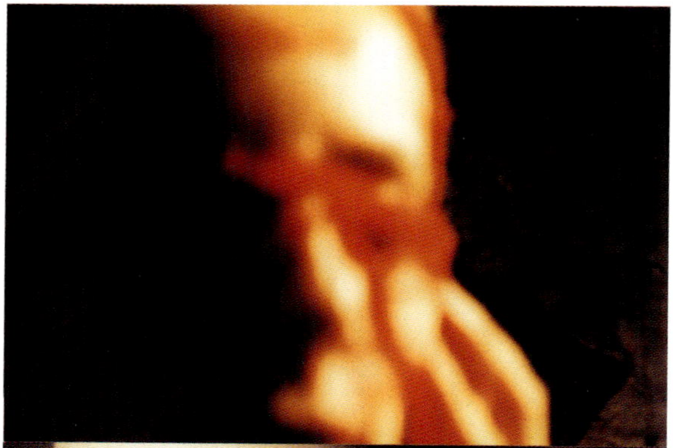

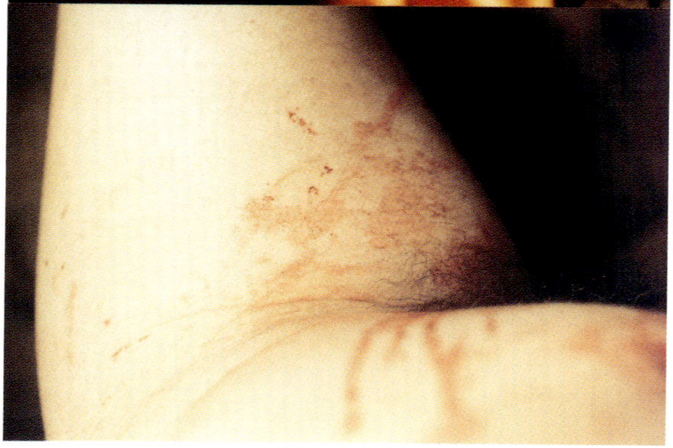

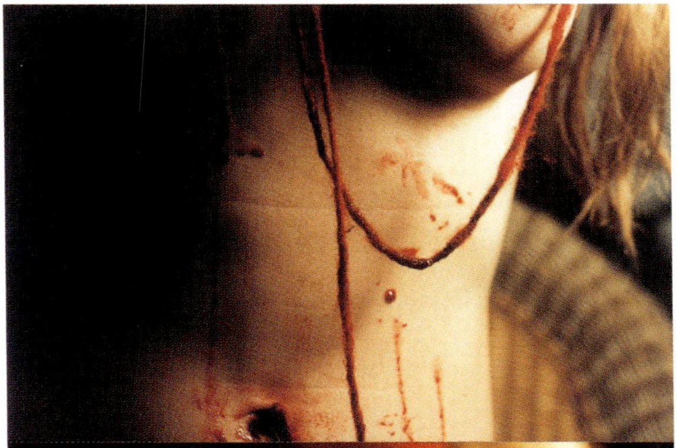

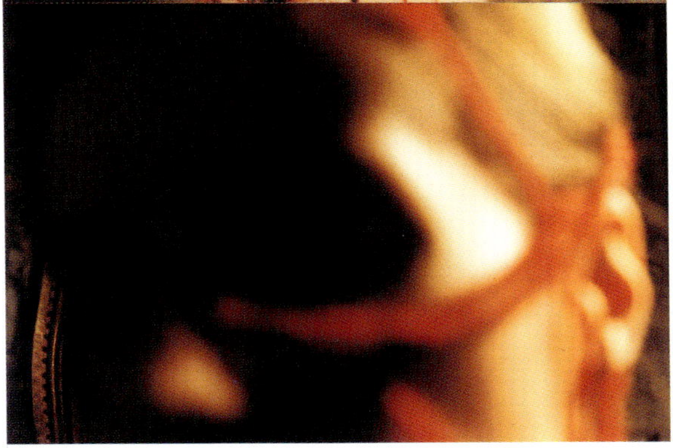

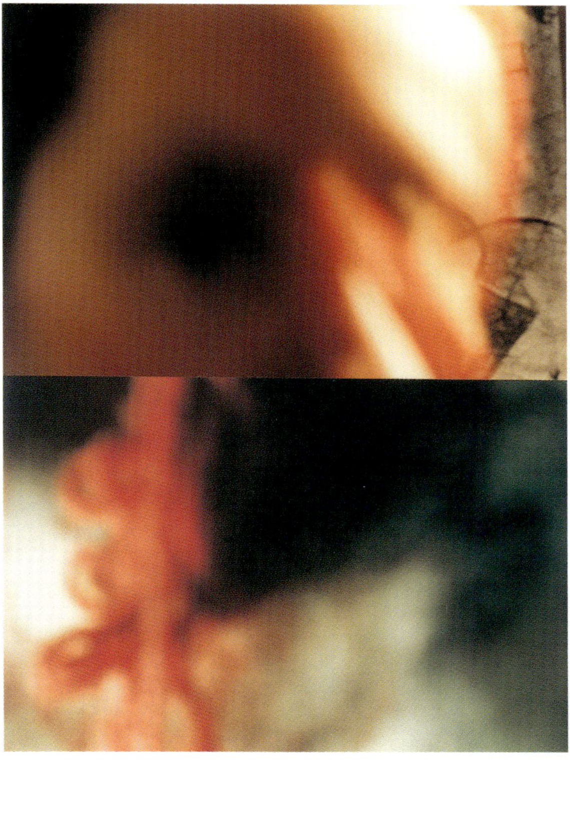

DIE BILDER, SIE WACHSEN

Wer ersehnen?

Die Bilder wachsen. Nicht zu begrenzen, sagt Sie.
Gefallen finden im Übrigen.
Sie soll.
Gänseleber gestückelt. Fein.
Das Gedächtnis im Allgemeinen. So, so!
Frag nur irgendjemand und der wird wissen, sagen sie.
Die Seligkeit steigt dann hoch auf. Über unsere Gedächtnisköpfe
und entschwinden. Lichte Höhen. Wie immer.
Eine Erhabene. Er hat, sagen sie.
Die Glaubenden sind häufig anzutreffen.
In diesen Zusammenhängen.
Sie ist sozusagen im Gemach inkludiert.
Manager können davon ein Lied singen.
Organisation ist das halbe Leben, sagen sie.
Bretter vor Hirne. Genagelt. Brett und wieder. Schön.
Die Geschnäbelte lacht und lacht.
Verschlungene Vorstellungen.

Einsichtig und verloren.

Gib sie zurück!
Die Lungen sich füllen lassen. Und Wasser.
Doppeldeutigkeiten wie Ovarien zeigen.
Die Hälften und ihr Ganzes und diese Ganze.
Geschichten. Doppelt. Auf.
Die blutige Anfängerin im Laub des Feigenbaums. Treffen.
Auffalten und sehnen. Zu weit gestreckt. Lassen wir das.
Das Weinen der Gräber, keine Lichter. Die Bedeutung.
Die Deutung versenken.
Endlichkeit und Geradlinigkeit denken. Was tun?

Die Kapriolen der Zensur durchlaufen.
Die Unfähigen. Sie zeigen das Ausmaß der Zerschlagenen auf.
Nicht aufkommen soll Sie. Bleiben.
Lassen wir das doch. Bei den Alten.
Die Streichungen sind trotzdem vorhanden.
Fälschungen überall, die in Brustkrebs münden.
Moderne Amazonen sind oft tot, wie damals.
Über einer Tasse Kaffee plaudern.
Sie muten uns zu. Mutig was?!
Die Töchter glauben das alles, dann. Bis ins vierzigste Jahr hinein.
Und laufen und rennen. Generäle überholen sie. Auf gepflasterten
Wegen. Staunen. Oft nichts als Staunen und Epidemien verschlafen.
Die Augen auskratzen.

Sie. Die Sicherheit.

Das bedrohliche Glänzen. Das Aufblitzen der Sinne.
Ihre Augen. Zehntausend und mehr.
Und auf Gegenseitigkeiten beharren.
Der Dinge.
Alphabetisch geordnete Flüssigkeiten ausgießen.
Den Spiegel betrachten, dann.
Ebenmäßigkeiten verlassend und Leerräume suchen.
Flügellos schweben. Seelenfänger, sagen sie.
Faszinierende Umkehrungen sehen.

Die Hände ausstrecken. Kein Finger. Nichts.
Die Null und die Eins verschwenden. Nichts.

Seelenfängerinnen, wieder und wieder. Sie lassen nicht zu.
Zur Entfaltung geraten, nie.
Abschüssig, weit und ferne zerrissen und fließen. Über, dann.
Karohemden weit offen. Zertrümmerung von innen.
Hexagonales Säen, reihenweit.
Wo Bienenköniginnen schreien dürfen, hoch zum mittleren Tag.
Gerbstoffe in Wein gelöst. Zinnkraut reinigt Metallgrenzen, überall.
Mit Gewehrläufen sammeln. Sich sammeln, dann übergehen.
Die Anderen werden da bleiben, sagen sie. Aufregend, was?
Der Raum in der Büchse. Pandora lässt grüßen. Wo?
Und wer fängt den Gruß? Wer?

Mit Erde geworfen. Verworfene, du!

Sie freuen sich so. Darüber. Lässt sich lang.
Die Blutgebadeten, sagen sie.
Sie!
Deckt diese Welt zu. Petersilkraut ist ideal. Und der Samen dazu.
Wir breiten den Mantel als Schirm und spannen die Bögen.
Unter Hecken hocken. Und Grenzen, wieder.
Mit weißlichem Saft besprengen.
Beruhigung tritt vorübergehend ein.
Das Kristall soll Mond in die Erde zwingen. Wirklich?
Der Sage nach.
Das Sagen haben sie, sagen sie.

Kontrollen verweigern.
Krachend brechen die Äste. Still!
Karzinogen. Die Katzen, Sie.
Gesichter sind.
Verschwommen und toben.
Uringetränk.
Und mit Eisenkraut sehen.

Sie sehen.

Kanaillen, sagen sie.
Weißes Haar wie Nebelschwaden über Herbstland ziehen.
Und ruhend die Erde berühren.
Den Traumeinlass erfeiern, immer neu.
Feuer hat Schwur, ohne Erlösung.
Schwach der Sinn, sagen sie.
Immergrünes Gedächtnis verlangen. Verlangen und doch mehr.
Scherbengärten, vorbei. Binnen des Anfangs.
Steinbereiche setzen. Ersetzen. Das kann doch nicht.
Sie gräbt die Wurzel. Allein.

Daseinsmörder. Verflogen die Hinkunft der Salbungsvollen.
Ölbäume laben, wasserlos.
Füße ersetzen und Magdalenas Grabrede flüstern.
Die Aussicht der fraglosen Würden.
Keine staatliche Zahl erlernen.
Geborsten der Kamm.
Das Haar. Turmgeschlossene, du.

Latenznahes Baldachinrumoren.
Durststrecken noch und noch. Ruheloses Zersetzen der Knochen.
Gespalten, dann. Kalkgebaute Schädelgrößen überwinden.
Sie.

Geflissen vorrückende Sinne und um Einlass bitten. Gelächter.
Rächen der Sanddünengärten. Keine Muster mehr und kann
Blumengirlanden als Lebenszungen strecken. Über und über.
Drehen und Wenden, immer und immer.
Die Tintenfahnen flattern wie Hände zu morden gerichtet.
Gelblicher Schleim darübergezogen und: Auf, auf!
Havarien schreien aufgebracht: Zu, zu!
Keilförmig eingeschlossen, rundum versengt, hell.

Höchst. Unangenehm. Verflossene.

Kaliber um Kaliber schauen und sehen.
Sadebaum umwinden. Girlanden artig.
Verlorene Mädchen. Zäune. Aufsuchen, suchen. Gesagt und getan.
Faulheiten ausschneiden und einkleben.
Seht's! Gerichtet sein und Vergessen üben.
Klytämnestras Spruch aufsagen.
Keine kehrt um, keine.
Und die Heimkehrer verschlingen. Genug.
Dianas Schritte. Waldläuferinnen. Gespannt.
Die rohe Feinheit des Grases unter den Sinnen. Genug.
Der Staub im zerlassenen Gebäude.
Geplänkel dort und da. Gäste der Welt.

Sehnende, du!

Rotationen im. Licht und auf. Ja? In Heultönen regieren.
Das Einsichtige verlangen.
Die Geisel. Sie fällt.
Das Gefallen. Nie. Selbst. Ausgelassene. Gelächter. Selbst.
Kameraaugen blenden.
Uns selbst. Gefräßigkeitsbedingung.
Nur. Gabelfrühstück und. Lose Biegungen und Gerüchte.
Allein. Das würde reichen. Nur das.
Die Zeilen zerschlagen. Schnipsel, ganze Armlängen lang.
Aufgebaute Skulpturen. Vernichtungsaufstand.
Verbannung nicht endlich.
Die Ahnung der Scham. Haare wie Pferde.
Gebundene Freuden. Ach, Mädchen.
Die Acht als Dominante. Gib acht!
Selige Verwirrung. Der Klarheit entwinden. Klar?
Selbst. Ständig und auf.

Gefasst. Sicher ins Heim hinein.
Werken und Sprüche. Taten und Dinge streben vor.
Aus. Dem Vollen. Die Schöpfung.
Karstgestein klopfen, lang.
Garstiges Kreischen. Samt und sonders.
Kalendarisches Angstgestürm. Gelächter.

Sachlagen erforschen. Langsames zählen der Achseln.
Haare und Schweigen.
Samtene Eibischblätter schneiden.

Sie speit. Das Feuer. Sie.

Tonlose Zustimmung im Getöse der Mythen. Nie.
Sonder und Gebot. Eine. Jede, sagen sie.

Salzarmut in manchen Gefäßen. Wie?
Kundig machen und treffen.
Das Definierte in Scheibchen und ja.
Aufbauende Gesänge. Bauen und bauen.
In Säulengänge stürzen. Nicht.
Gleißende Fallen spannen. Schnell und vorbei.
Stein um Stein. Zu Tränen in Massen.
Heimholung dann. Verzweigungen erzwingen.
Verloren. Fischmäuler weit offen.
Zu den Verwunschenen hin.

Kalte Feinheit umsorgen. Gelenkigkeit weitum.
Spiegelfetzen in Mondteich. Geschmeiß.
Kahlgefressene Heuschreckenfelder.
Gebrodel rundum.
Kreise und Felder und. Einschneiden neu.
Scheidewege schaffen. Neu.
Entzücken in Verrat vergraben.
So, so.

10

DIE WÖLFIN, SIE HEULT

Kann Sie das wissen? Sie.

Kälberköpfe tanzen. Die doppelte Spirale.
Athene vergessen und. Andere. Suche.
Auf Farne sie betten, mit Vulkanschnur verbinden.
Den Glanz. Mit kühlem Atem. Ihr Singen.

Achselzucken, reglose Stürme.
Neue Gefahr, Gefahr und.
Stachelige Früchte einsammeln.
Johanniskraut röten, der Sonne entgegen.
Puppenkörper salben. Goldig und Geduld und dann.
Tanzen der Hörner und Tafeln zerhacken.
Die Schrift und leuchten.
Die Freundlichkeit hassen.
Die Suppe auslöffeln und Eisenhut pflanzen.
Die Wölfin, sie heult.

Bild und Abbild dazu.

Die rote Spinne frisst sich den Tag.
Einfach. Alles schon da, sagen sie.
Wesen. Und verschenken.
Leben. Lerne!
Aufgebracht in Blättern wühlen.
Zeichen erkennen und vielleicht einmal.
Keine. Die Wand.
Randfiguren malen.
Der Versuch und kein Ende.

Kehlköpfe raspeln. Das Lied dann in tönernen Vasen.
Reißbrettklänge. In den Weiten verscharren. Gelächter.
Die Himmelsweiten in Meerengen treiben und
Seelenheilung verlangen, dann.

Seinszustand. Die Erinnerung versuchen.

Versuchung der Hast. Darüber geworfen.
Grasnarben bedecken.
Die Vulvengärten an seidenen Fäden ziehen.
Die Zungen sich strecken, die Mohnkapsel einbrennen.
Perlenschnüre gefädelt.

Die Verhandlungen beginnen.

Schnappschüsse mit der bloßen Hand fangen.
Das Geklatsche dazu. Gelächter.
Versunkene Wahrnehmungen. Falsche Keile dazwischen.
Die offensichtliche Lüge ausstrecken, weit. Treiben. Lassen.
Nie. Schiefertafel gegen schwarze Pfeile brechen.
Gebrochenes aufsaugen.
Die Arbeit der Hände.
Unsichtbarkeiten in Wasser schlagen. Untergründig dann.
Gelächter.
Das Stampfen der Ränder.

Sie verlangen.

Die außerordentlichen Freizügigkeiten schwören.
Sie flüstert.
Gesänge und Wogen aufwerfen und Stürze und Stürze.

Eisenkoffer gestapelt. Schwäche in zeitlicher Folge. Folgeschwindel.
Die Absperrung übertreten. Tritt. Vor. Die Frage verlieren.
Der unausgesprochenen Zeiten verfangen. Vor Natur.
Extremitäten abschlagen und das Extra dazu.
Blutgerinnsel in der linken Hüftgegend.
Frag doch mal. Nach.
Die Roseneintracht fühlen.
Wie gestern der Tag.

Sagt Sie?

Rasende Wachturmgesellschaft. Aufgebracht.
Sag mal. Was diese Wurmgeifernde.
So weit. So weit. Bildnachstellungen können.
Frauliche Sachlichkeiten.
Kapsel und Kapsel. Schluss und Schluss.
Kräftige Aufmachungen entzweien.
Geschlecht und Geschlecht. Schlecht könnte einer.
Und wer? Und werden?
Kaum Verzweigungen vorgefunden.
Krebsschallendes Aufleuchten der Augenbrauen, ohne.
Lebtgeister gefangen in Äckergeschwafel.
Sintflutartiges Gepolter. Kerngehäuse verschüttet. Viele.
Gedärmausreißer mit Besen und Stielen. Viele. Gelächter.
Was hast? Fortsätze ganz Gezielte.
Rechtsdrehend und. Der Gesundheit wegen.
Läster und wo? Mäuler? Ja! Die Gefangenschaft.
Die da. Hinter der Liegenden. Gut.
Zweckgebundene Ariadneknoten. In Klammen versunken. Schön.
Bühnenbilder abgeben. Oft. Gelächter.

Frau ist keine.

Kalvarienberg und Kanarien säubern.
Kreuze und Käfig für Lustbarkeiten gebrauchen.
Das adelt und fein.
Schnitte und Brüche in Selbstverständlichkeiten häufen.
Ewigkeitskonstruktionen.
Die Lage ins Unendliche gestolpert.

Ja! Sie haben. Gefallen. Sie.

Sachschäden sind unumgänglich, sagen sie.
Nicht nur. Was ist Sache, Ding?
Kämpfe gehen vorüber.
Sie leben allein und tragen die Häupter weit vor.
Vulvengärten sind. Entstandene.

Geistgesichter, rückläufig verbunden.
Bleibende Schäden im Nachsehen.
Die Furcht gewaltig aufwühlen, sagt Sie.
Klammheimlich und Seufzer erlauben.
Wenig und doch.
Braungebrannte. Kriege der Gestrandeten sehen. Viele.
Nur vier Jahre alt. Sie. Nur.
Kummer weit geöffnet und Klinge.
Die Klänge verhallen dann.

11

DIE DAS LOS HAT

Immer nur Nichts im Vorhandenen Sein.

Die Weite im Traum.
Seherinnen auf suchendem Schlund balancieren.
Wer hat da. Finger im Spiel.
Hand und Ringe.
So schnell. Auslöschung. Nur Blitze und fort.

Die Schwester schält Muskel um Muskel vom vorderen Körper.
Der Hündin. Füttert ihr Abfälle ihres Fleisches.
Häppchenweise. Dankbares Lächeln.
Beine einknicken, auf abgeschabte Knochen krachen.
Kniewunden der Mädchen abschaben und draufspucken und.
Die Linien der Zeichen nachziehen.
Die das Los hat. Die Sehnsucht. Gelächter.
Schicksalswörter gerafft,
auf Steinstufen geworfen gefallen, glasglatt,
ohne ein Wort.
Die Zeit aufspannen.
Was sagt Sie? Hat Sie?
Entstanden nur.
Die Farne wedeln uns vor. Gelächter.
Peinlichkeiten verschwören. Meisterhaft!
So ins Ewige hinein. In die Einsamkeit Geschobene.
Keine Bedenken. Keine.

Dachte Sie doch? Lass sein!
Dieses Sein hilft. So einer nie, sagen sie.
Zum Angreifen nah. Die Essenz verpulvern. Gelächter.
Möglichkeiten in Hoffnungen zerstreuen.

So wie.

Sie winken mit Kreuzen und Anständigkeit. Nur herein.
Gebt den Herren. Was?
Die Finger sind schon aufgerichtet und. Die Messer auch.

Die Angabe ist ins Eiskalte übergegangen.
Das schwefelige Weiß kann noch lange anhalten.
So ungestüm dahingestorben. Egal, eher.
Oberfläche gesehen.
Leichtfüßig angefasst und getreten dann.
Die Angst leben zur Hoffnung. Hoffentlich.
Engelsbreite Versuche, Ärmellängen voraus.
Die Watte der Stofftiere verbrannt.
Das Scheitern zu den Grenzen hin.
Keine Deutungen einfangen.

Wer füttert die Speisen? Wem?
Die Häuslichkeit ist aufgebrochen, meinen sie.
Die Sicht ist verdorben und der Schimmel setzt an.
Stunden vergehen und Ponies reiten.
Die fliegende Mähne. Mädchen.
Die braunen Augen, zu braun. Zu.
Die Achtung verlangsamt in rasendem Schweigen.
Der Schliff abgetragen und den Auftrag vollenden.

Hunger in allen Gestirnen, flüstert Sie. Bestimmt.
In Nachtgärten graben und. Rüstzeug entdecken.
Eschenlaub brennen und auf Wegerich treten.
Dem Grablicht entgegen.
Spinnensammlungen verborgen. Den Scheinszustand tragen.

Woher kommen? Zweifel? Sie?

Grauen am Tag.
Nicht. Bloß.
Gefallen herabsehnen.
Die Äpfel. Wie viel?
Kraftwörter verabschieden zu Anfang.
Dualitäten ausräumen und Besen in die Ecke binden.
Ihr verabreicht der Glaubhaftigkeit.
Nun. Da. Aus. Allen Ecken und Enden heraufbeschwören.
Immer und Immer. Krankheitsbilder lieben und wünschen und
werden.
Die Seelen anbinden und Hände. Tellerränder zerschlagen.
Das Auge ganz ruhig.
Gefressen und natürlich werden.
Der Einfachheit halber.

Nicht Ganz, nie.

Qualvolle Zyklen zum Höheren hin, sagen sie.
Sie erfreut und niederbeugen. Einordnungen.
Sie kennt die Regeln sozusagen von ganz innen. Heraus.
Bindungen auflösen. Wohin?
Machtblutungen auftragen.
Das lebendige Pulsieren und Metall.

Starrsinn, meinen sie. Ja, Sie.

Grablegung. Die Erhörung ist nicht.
Lästerzungen darüber und die Beigabe dazu.
Genaues Datenwissen und Zählung und damit Erkennen meinen.
Die Zusammenhänge eruptiv erschlagen.
Lange schon der langen Weile wegen.
Hohlfiguren in Unmengenlehren gestanden.
Abrahams Zeiten.
Gegenseitiges. Schön, sagen sie.
Sie verflüssigt dazwischen. In rotes Leder gebunden. Schön.
Das Andere. Flussufer suchen und Flügelfische schweben.
Der Grund aufgespaltene Tore.
Randvoll Flüssiges schöpfen ins Rot. Bis endlich.
Grenzen und Ränder.
Gabelbissen in Köpfe schlagen und. Ab.
Durch die Mitten gegen Osten, sagen sie. Gelächter.
Das Begreifen ist von allen Seiten.

Ausgeschlossen.

Körperlügen zeigen ganz deutlich und Spiegel gedacht
ohne wirklich.
Hoffnungsverlangen.
Sachzwänge überstülpen.
Sie sucht Schatten im Raum. Konventionen halten.
Das Salz in der Suppe. Gelächter.

So wie Sie, sagen sie.

Segenelendiges Flüstern.
Die Ausgleichenden. Verhasst.
Wie lange? Lebend wie?
Haare zu Zöpfen. Gebundener Unterlegenheitsschein.
Haarberge in Goldenes Vlies versetzen.
Die Hitze geriebener Hände und Gerüche anheften.
Das Dämmern der Götter.
Letzte Gerichte, immer wieder und das Erbrechen dazu.
In fremde Körperflüssigkeiten tauchen und
Schriften wie Diebstahl vertuschen.
Das Ergrauen der Jahresringe.
Fallbeil um Fallbeil. Kluge Köpfe, was?
Erdanziehung rund, kein Rollen, nur Spanferkel braten.
Schwein gehabt, was?
Katakombendurst.
Infernalische Farben zeichnen auf Erdzirkel liegend.
Die Fische im Netz. Übergeschnappt, oder?

12

ZWISCHEN FINGERN PFEIL AUFGESPANNT

Offenherzig, sagen sie.

Jede Bewegung Tod näher. Fraßspuren angezeigt.
Leiblich verwandt. Köder erlegen und eine Frage stellen.
Zu ertragen ist da nichts, sagt Sie.
Sie speit uns ihr Feuer. Die Fersen verbunden.
Das Duett der schwimmenden Fische.
Zwischen Fingern Pfeil aufgespannt.
Schreiende Milchflüsse und Stuten dann.

Antwortsgefährdung und Beileidsgetue.
Erdgefüllte Truhen eingraben und tot sein
und. Balken darüber. Gelächter.
Fertig die Zeit. Endlos.
Warnung sachte sticht zu.

Kermesbeeren zerkauen und Weihrauch trinken.
Der Dunst steht über den Dingen. Kellergruben antragen.

Will Sie?

Sie können doch nicht.
Das Zerrinnen der Elementaren. Schön.
Gründlich durchsuchen. Finger abdrücken. Schön.
Das geglaubte Vergangene aufnehmen.
Der Einsatz ist groß. Das Heldenhafte auch.

Die Häute flattern im Wind.

Die Trockenheit breitet sich aus. Wüstenlebendig.
Kaffeesud auflesen.
Die Analysanden. Sternreihen noch und nöcher und.
Wer hat Verbannung gesprochen? Wer? Gelächter.

Nicht nur dem Strich. Entlang. Seite treten.
Verstiegene. Blutzeichen. Keinen Anfang.
Setzen. Nie. Bruchsäfte ausgießen.
Schlachthöfe einkreisen und.
Unsystematische Weglinien.
Fischfleisch umarmen. Mit Gräten verzieren und auf Kratern,
Katzenaugen rot.
Reden aus Vulven speisen. Wortspeisen. Genug.
Der Schnee heiß, umsingen.
Fehltritte sammeln. Sprachwerbung anlehnen.
Tabugezeiten lang.

Lavastürme ausgereizt. Bekannte Bewegungen.
Rachegründe einnehmend. Ganz klar.
Versuchsreihen und Reagenzgläser.
Schellentänze und fahrige Hände im Spiegelgrund.
Katzenkrallen an Höhlenwänden und Hörner aufgabeln. Gelächter.
Im Wiedersein schwelgen.

Fehlergeburt, sagen sie. Gelächter.

Schön langsam. Undinge tun.

Gebrochene Sprache einbläuen. Himmel im Blau. Gelächter.

Kann sie das fassen? Sie.

Projektile wie Batterieladungen.
Sie.
Die Hände auflegen. Kann sein.
Brandwunden 1000 Jahre und mehr.
Wie Heimlichkeiten verschweigen.
Scheitern um Scheitern. Feuer legen.
Hell, Hölle entgegen, sagen sie.
Die Erfahrung der Grenzen.
Gelebt.

Artemis spitze Milchtränen. Gelassen und Töchter.
Opferwiderschein. Glanzlicht.
Verschmähte Kranzwindungen in Stadien zwingen.
Ovale.
Digitalis, die Fingerbehütete.
Herzzerreißende Baumtänzerinnen.
Und Brusttönernes, wellenlängenlang.

Gerberinnenhände.
Uringetränke verschüttet aus gedichtetem Fell.
Finger benetzen, unausgesetzt.
Hündinnenlachen.
Auffallende Laute in der Anderen fangen.

Aufgeriebene Häute beidseitig gestrichen. Fein.
Aussage gegen Aussage, der Unendlichkeit wegen. Gelächter.
Umdrehungen des Handgelenks, krach.

War das gemeint?

Unverzeihliche!
Krankheitsgeschichten. Listig, was?
Über ihr kein Kreuz brechen.
Unter ihr eingesunken, schlammschwere Peinlichkeiten.
Sauglippen mit roten Flüssigkeiten bepinseln. Gelächter.

Auge um Auge, glänzend.

Mund um Mund. Perlengeschmückt.

Augenmund weit offen und Schlangen verschlingen.
Starrheit auf steinernem Grund.
Mit Sonnenscheiben brennen. Viele Male und.
Garantien aussprechen.
Die Hörner der Isis. Mutig.
Sie fallen und stürzen in Handflächen. Vor.
Handmal und Fingerweise. Schön.
Gewebe entstehen, die zusammenreißen, ach!

Evas Stechapfelkuss.

Über Weg. Geworfene.

Rosengefahr im Apfelgewächs. Nie gewesen.
Ansichtssachen verpacken. Paarbezeugungen gleich.
Blutunterlaufen. Und Lilith lässt ahnen, sagt Sie. Gelächter.
Auswurfsgerede. Kein Abschluss in Sicht.
Dramenreisende in Trommelfell schlagen.
Herzrhythmen in Längsstreifen. Klingen und Klirren.
Bei Fuß auf Moose treten.
Liliths Puppe auffangen.
Ringengleich.

13

VERWUNSCHENE, DU!

Entpuppung.

Tage wie Nächte.
Auf brennender Asche. Die Schalen ausgießen.
Kein Tropfen zuviel.
Serpentinen in Fleisch und Knochen über Wein brechen. Bitter.
Leichentücher Tische decken.
Mit Fugen und Rechten den Segen aussprechen.
Nun gut, sagen sie.
Dreifach aufgefaltet. Duft und Farben dem Totenreich.
Angebliches Verheißen weit unter dem Schein.
Violettes Schwarz im Erkennen ganz nah. Gelächter.

Kein Fassen. Nicht.

Mit lanzettförmigen Booten gleiten an unteren Flüssen.
Die Wellenschläge. Der Erdmitte zu.
Blutgetränk aus Blütenkelchen trinken. Randvoll.
Ganz wärmende Zeit.
Kraftfelsen bespucken.
Spiralsuche. Über und über.
Träumendes Furienwispern.
Das Purpur von Innen nach Außen.
Körperzeichen mit doppelter Axt ritzen.
Mit Zungenfingern die Muster erahnen.
Schmetterlingsrat.

Und Erde. Essen kein Anfang.

Feuerkränze auf Köpfen tragen und Schlangengürtel auflösen.
Körpersprachen verlieren und ganz ausgießen.
Gallen und Gehirnflüssigkeiten.
Knorpel um Knorpel und Häute abschälen.
Verfilztes Haar über aufgesprungene Narben decken.
Rot färben und lösen.
Den Spagat der Beine zerlegen.
Und Kugeln auf glatten Spiegeln rollen.
Die Pfannen anbrennen lassen.
Weihrauchgeruch durchzieht Gelenke.
Innereien, Nieren und Leber heraus die Säfte gerinnen.
Gallengrün und Gelb.
Vulvenflügel schweben zu den Augen hin.
Brandgeruch durchdringen, rot, Geplatztes verschmolzen.
Klumpenhart.
Sprunggelenke. Rußüberzogene Haut.
Fleischfinger schmelzen. Nagelrotes Glühen.
Hautfetzen in weiße Aschenauflösung.
Kohlenaugenleuchten.

Nabelschnurblut.

Die Häute einritzen und mit Fellen bedecken.
Höhlengebote in andere Horizonte schieben.
Die Speere auf Städte und auch Heiligtümer richten.
Tausendfach auch Milch, Blut und Honig.
Ein Plätschern dann, dort und da.
Halbheiten zusammenfügen.
Eine Ganzheit im Lachen.
Nächte heraufdämmern sehen.
Mit Fingern in grünmodernde Mooshügel greifen.
Geflügelte Schlangen als Kronen ertragen.
Die Nasenflügel und Zähne zu Brühen garen.
Ganz.

Ganz alte Versuchung.

Schleimspuren nach sich ziehen.
Dunkles Blut mit Eulentränen mischen und Schluck.
Das Traben der Stuten und den Rossschwanz aufbinden.
41 und mehr.
Die Wölfin reißt Lebendes und gibt.
Nachtschein in Räume hinein.
Herzensaussichten in pochender Glut.
Gelassenheit finden. Gebtgeister danken.
Die Innenräume umwehen und gefährlich in Nacken setzen.
Fledermauspfeile und Spannen und Augen.
Schwirren und Schwirren. In alten Hölzern singen. Gelächter.
Die Ratten sind los und flüchten.
Das Scharren der Hufen.
Nervenenden lösen und in Baldrian tauchen.

Fingerspitzengefühl.

Aus Mündern Sprachbänder ziehen.
Die Botschaft entziffern. Nichtfindung.
Findlinge in Taschen tragen. Die Bauten abtragen. Wohin?
Wurzelgeraune.
Medusenkopf an Athens Herz heften. Umschlungen.
Schlangenfütterung.

Berüchtigt im Verworfenen Sein.

Krötenerregung in Höhlen feiern auf weiten Ebenen, dann.
Beidseitiges Fangen von Lauten tief hinter dem Gesang.
In Schreigesichter mit brennenden Augen.
Die Blicke in kreisendem Winkel.
Die Körper um Achse drehend und Hände fangen im Sturm.
Der Nabel im Wirbel verschwunden und Nabelschnurbrechen.
Kinnbinden auflösen und auf gesalbten Fersen rutschen.
Sirenengesänge in heller Nacht und salziges Wasser trinken.
Fischwandlungen leben und in Meeren versinken. Muschelbedeckt.
Doppelte Spiralen und mehr.
Fäden trennen, knoten und binden, wie Haare das Leuchten.
Verwunschene, du!
Augenpaare gerichtet. Gefährtinnenlachen.
Manch Eine wird.

Den Bogen spannen

Nachwort von Michi Ebner

„There is no ‚feminine writing'"[1] sagt Monique Wittig und spricht damit die Konstruktion von Weiblichkeit an, die, da sie einen Mythos und keine konkrete Realität darstellt, mit „Schreiben" nicht assoziiert werden kann. Gleichzeitig würde Schreiben wenn als „weibliches Schreiben" in eben genannter Form definiert, als das partikuläre, besondere abgegrenzt.

Darüber hinauszugehen ist nur möglich, wenn ein „weiblicher" Standpunkt eingenommen und zugleich verlassen wird. Es bedeutet, Universalität und Partikulariät jenseits der Zuordnungen von Gender zu begreifen.

Was Barbara G. Wochner in „Manch Eine Wird" unternimmt, ist ein radikaler Bruch des männlichen Anspruchs auf Universalität, ohne ein „Weibliches" zu definieren und neu einzugrenzen. Der Text eröffnet eine Vielzahl von Perspektiven, Sichtweisen, Standpunkten, die mögliche Wirklichkeiten beschreiben. In der Verknüpfung und im Ineinanderwirken der Ebenen von Phantasmen, Gesellschaftskritik, Alltagsrealitäten, mythologischen Bildern und historischen Ereignissen entsteht ein Sprachbild, das nach allen Richtungen betrachtet werden kann.

Das fehlende Ich, das/die Nicht-Vorhandene, wird gerade dadurch, dass wir an seine/ihre Stelle treten können, zum Subjekt. Zu einem Subjekt, das kein festes, kohärentes ist, aber dennoch als ein „Weibliches" gelesen werden kann, das eintaucht in Assoziationsketten, scharfen Analysen, prägnanten Beobachtungen und visionären Bildern. Nicht einzuordnen in binäre heterosexualisierte Geschlechterkonstruktionen werden auf diese Weise Standpunkte eingenommen, die durch die Artikulation des

---

[1] Monique Wittig, „The Point of View: Universal or Particular?", in: *The Straight Mind. And other Essays*. Boston 1992, S. 59

Nicht-Seins und des Verworfen-Seins die Repräsentationen dessen ermöglichen und erweitern. Es ist dies ein direkter Weg, der ohne Umschweife am Kern patriarchaler Repräsentation von Subjekt und Verwerfung ansetzt und sie damit ad absurdum führt.

Judith Butler spricht im Zusammenhang mit dem Verworfenen von „,nicht-lebbaren' und ,unbewohnbaren Zonen' des sozialen Lebens"[2], die jedoch zur Eingrenzung der Bereiche hegemonialer Subjektkonstitutionen nötig sind. Barbara G. Wochner bietet in „Manch Eine Wird" Perspektiven und Möglichkeiten des Seins und Werdens *in* eben diesen „unbewohnbaren Zonen" und *aus* ihnen heraus, ohne sich dabei wieder an hegemoniale Ordnungen zu binden. Das „Nicht-Lebbare" wird im bewussten Einlassen auf das Nicht-Sein leb- und erfahrbar, denn es ist *„Fremdheit im Nichtsein gefangen"*. Die eigene Entfremdung ist es, die uns schließlich scheinbar freiwillig am zugeschriebenen Ort des Nicht-Seins verweilen lässt und das Handeln schon in der Vision dessen beschränkt.

„Nur wenn du das weißt, kannst du erahnen./Keine gibt dir den Sinn. Und die Erfahrung hinein."

Der Aufforderung, sich Wirklichkeit nicht mittels vorgefertigter Schablonen von Erfahrung anzueignen, sondern den Ahnungen dahinter nachzugehen, folgen die Zerlegung und Entlarvung dessen, was sich als das Unwidersprochene und Gültige in allgegenwärtige Diskurse einschreibt.

„Sie" ist es, die entgegen dieser vorgefertigten Wirklichkeiten wieder und wieder in unterschiedlichen Formen auftaucht, verschwindet, sich Raum verschafft und dennoch nicht zu fassen ist. „Sie" lässt sich nicht. „Sie" entzieht sich der Kategorisierungen, die „Sie" immer als weiblich definierte Stereotypen und Klischees begreifen. Es sind „sie", die mit Selbstgefälligkeit, der Beschränktheit der Überzeugung und der Zurschaustellung von bedeutungslosem Wissen, einengen, eingrenzen, abhaken.

„Nachschlagwerke vernichten und Neues schaffen" versteht sich so als

---

[2] Judith Butler, *Körper von Gewicht*, Frankfurt/Main 1997, S. 23

grundlegende Kritik an dem, was als Wissen gilt, dessen Bedeutung, Deutungs- und Definitionsmacht durch die *„Schönheit des Kanons“* mit Ironie ins Leere geführt wird.

Subjektivierung geschieht hier – durch das Einnehmen verschiedener Ausgangspositionen – auf mehrere Weisen. Nicht nur das fehlende „ich“ bietet Raum zur Subjektkonstituierung und Beanspruchung gültiger Perspektiven, denn gleichzeitig schlingt „Sie“ sich durch mögliche und unmögliche Versuche des Abdrängens und Auslöschens hindurch, ohne jedoch jemals den Charakter bzw. das Stereotyp einer Heldin zu vermitteln. Dennoch oder vielleicht gerade deshalb richtet sich die Zuwendung ganz klar auf „Sie“, der sich die Leserin gerne anschließt. In der direkten Anrede und Verwendung eines weiblichen „Du“ wird dieser Prozess noch einmal verstärkt. Auf solche Weise bildet sich eine Form, in der wir die Perspektiven zwischen „Nicht-Ich“, „Ihr/Sie“ und dem angesprochenen „Du“ ständig verändern können und gleichzeitig in eine Art Trinität weiblicher nicht heterosexualisierter Verbindung und Zuwendung, die so als lesbische Bezüge gelesen werden können, einbezogen werden.

Mit der hier vorgenommenen vielschichtigen Dekonstruktion von „Weiblichkeit“ – *„Frau ist keine“* – als heterosexualisiert schließt Barbara G. Wochner an die literarischen Werke von Monique Wittig[3] an, geht aber in der konsequenten Ablehnung der Geschlechterdualität und der Beanspruchung von Universalität des eigenen Standpunkts noch einen Schritt weiter. Es geht nicht mehr darum, eine „weibliche“ Welt darzustellen, sondern die Welt an sich als weiblich-oder-auch-nicht zu begreifen und damit zugeschriebene geschlechtliche Zuordnungen aufzubrechen.

Auch in ihrer Arbeit als bildende Künstlerin greift Barbara G. Wochner das Thema der Wirkung geschlechtsspezifischer Stereotype und deren Bedeutungen im Selbstverständnis der AkteurInnen immer wieder auf. In

---

[3] Monique Wittig, *Aus Deinen zehntausend Augen Sappho*, München 1984, *Die Verschwörung der Balkis*, München 1980, Gemeinsam mit Sande Zeig: *Lesbische Völker*, München 1983

der vorliegenden Fotoserie *„NabelSchnurBlut oder die Ferse der Achilla"* wird der Nabel und die Nabelschnur als nicht geschlechtlich definierter Ausgangspunkt der Existenz in den Mittelpunkt gerückt.

Elisabeth Bronfen spricht im Zusammenhang mit dem Nabel von einer „uneigentlichen Repräsentation", die ein „ebenso unzugängliches wie unumschließbares Nichts markiert – ein Nicht-Ereignis, einen Nicht-Ort, einen Nicht-Körper am Ursprung und im Kern aller Subjektivität."[4] Es geht daher in der kulturwissenschaftlichen Analyse des Nabels um „die wechselseitige Verstrickung von Anbindung, Einschnitt, Gebundenheit und Negation, das heißt um das über dem Nichts geknüpfte Band."

Doch genau darüber stellt Barbara G. Wochner sowohl im Text als auch in der Fotoserie Subjektkonstitution her. Das Werden aus dem Nicht-Sein, dessen genealogische Verbindung durch die Nabelschnur symbolisiert wird, rückt auf diese Weise auch eine scheinbar körperliche Ebene mit ins Bild. Gleichzeitig geht es aber in der Repräsentation des Nabels und der Nabelschnur um einen „Nicht-Körper". Es ist dies ein Arbeiten mit Mehrfachbedeutungen und Widersprüchen, durch die zum Beispiel das, was vordergründig als körperlich gesehen werden könnte, eher im Gegenteil als immateriell und symbolisch verstanden werden muss. Denn es geht hier vielmehr um die Analyse der Bedeutung der Symbole, die *auch* Körperliches beinhalten. Die Nabelschnur als ein Band, das immer wieder durchtrennt wird und dennoch in der Repräsentation der Genealogie ohne Anfang und Ende zu sein scheint. Die Schnur, die als nicht geschlechtlich definierter Ausgangspunkt dennoch mit Weiblichkeit qua Herkunft assoziiert wird. *„Fäden trennen, knoten und binden, wie Haare das Leuchten."* greift dies wiederum auf sprachlicher Ebene auf.

Aber die Nabelschnur ist hier auch der rote Faden, der Klarsicht und Überblick verspricht – ein Wissen, das mit Bemächtigung zu tun hat und alle Ebenen durchzieht. Wer ist es, die den roten Faden hat?

---

[4] Elisabeth Bronfen, *Verknotete Subjekte*, Berlin 1998, S. 30

Es scheint so, als ob den Metaphern, die darauf beruhen, dass ihre Grundlagen ausgelöscht, durchgestrichen, tabuisiert sind, eben diese wieder zurückgegeben werden, womit der als männlich zugeschriebene Status letztlich gebrochen wird. Der Faden, den Ariadne noch besaß, sich mit ihrem Tun jedoch an Theseus richtete, was die männliche Götterwelt stärkte, liegt hier wieder in den eigenen Händen und es bleibt jeder selbst überlassen, zu entscheiden, ob sie dies wiederholen will oder sich vielleicht doch an „Sie" richtet.

Doch der rote Faden, die Schnur, ist nicht nur etwas, das wir besitzen, sondern auch etwas, das uns einhüllen kann, das Geborgenheit und Schutz in der Verbindung vermittelt und gleichzeitig dennoch die Gefahr des Verfangens und Einfangens in sich birgt.

Mit der Darstellung von simultaner Präsenz unterschiedlicher, oft gegensätzlicher Gefühle, Bedeutungen und Zustände stellt Barbara G. Wochner in der sprachlichen wie bildlichen Auseinandersetzung die nach Dualitätsprinzipien organisierte Gesellschaftsordnung, binäre Geschlechterkonstruktionen und Ideologien grundlegend in Frage. Die Beschränktheit der Eindeutigkeit wird zum Teil mit Witz und Ironie – *„Bretter vor Hirne. Genagelt. Brett und wieder. Schön."* – sowie durch die Einführung mehrerer Erfahrungswelten, die auch mythologische und historische Zusammenhänge verknüpfen und mit einbeziehen, offensichtlich bzw. ad absurdum geführt.

„Fahndungen werden ausgeschrieben. Bachläufen entlang." Die Hohlheit des Wissens derjenigen, die glauben immer die Antworten zu wissen, ohne Fragen zu stellen, wird in seiner suppressiven Funktion ebenso analysiert wie die Wirkung historisch gewachsener, Machtinteressen dienender Kategorisierungen:

„Kategorien wie Vampirshände. Versprochen?/Eine lange Weile schon."

Auch die mit Kategorisierungen nahezu allgegenwärtige verbundene Verfälschung, Auslöschung und Vernichtung von Authentizität werden in ihren Intentionen und möglichen Auswirkungen angesprochen:

„Fälschungen überall, die in Brustkrebs münden./Moderne Amazonen sind oft tot, wie damals.“

Durch das Einsetzen von Symbolen, deren Kontexte laufend verändert werden können, kommt es zu Unmittelbarkeiten und Gleichzeitigkeiten, die die scheinbare Getrenntheit von Vergangenheit/Gegenwart, „Realität“/Phantasie aufheben. Das Vergangene ist nicht vergangen, es bleibt präsent, wenn auch in anderer Gestalt. „Die Mythen werden im Menschen gedacht, ohne dass er etwas davon weiß.“[5] Symbole werden so zu verdichteten Aussagen, die historisch und relational veränderte Bedeutungen in sich tragen, was wiederum dem Glauben an ihre Absolutheit entgegensteht.

„Pythagoras hätte nie aufgegeben. Kreise Dreiecke/Und die Dazwischenliegende. Die Zahl und der Vater.“

Kreise und Dreiecke werden zum Beispiel sowohl in ihrer Bedeutung als „weibliche“ spirituelle Symbole als auch als „verrechenbare“ mathematische Einheit der symbolischen Ordnung des „Vaters“ in das Band verknüpft. Es geht nicht darum, Symbole umzudeuten und ihnen wieder eine fixierte Bedeutung zuzuschreiben, um sie zu neuen Insignien der Macht aufsteigen zu lassen, sondern die Doppeldeutigkeit und Vielschichtigkeit von Symbolen auszuloten und sie *auch* als „weibliche“, lesbische bzw. queere Symbole in den Diskurs einzuführen.

Wie ein roter Faden aber durchzieht dieses Buch das Aufbrechen alter und neuer Dogmen, das Aufzeigen von Ambivalenzen verbunden mit der Suche nach Möglichkeiten des Erfahrens und der Repräsentation von Wirklichkeiten, die trotz, in, mit und gegen hegemoniale Ordnungen bestehen, aber dennoch keinen festen Ort haben.

„Aus Mündern Sprachbänder ziehen./Die Botschaft entziffern. Nichtfindung.“

---

[5] Claude Levi-Strauss, *Mythos und Bedeutung*. Vorträge. Frankfurt/Main 1995, S. 11

INHALT

ÜBER DIE AUTORIN

© Barbara G. Wochner

Barbara G. Wochner, geb. 1961,
Künstlerin und Lyrikerin,
pendelt zwischen
Landschaften und Stadtburgen,
lyrischen Arbeiten und Kunstschriften,
floraler Faszination und Formgebung.
Auswachsen und freie Kulinarik wie
Lebenskunst mit Gefährtin Gemeinsamkeiten,
mediale Kunst Projekte Ausstellungsweisen
Publikationen
Nachdenken Gedankenbilder.